D1359915

EL CUADERNO DE LA PERDICIÓN

EL ATAQUE DE LOS GLOBOS PELEONES

Troy Cummings

BRANCHES™
SCHOLASTIC INC.

A Penny y a Harvey: Manténganse alejados del peligro.

Gracias, Katie Carella y Liz Herzog, por tomar mis ideas y mejorarlas.

Originally published in English as *The Notebook of Doom #1: Rise of the Balloon Goons*

Translated by J.P. Lombana

ISBN 978-1-338-04522-2

10 9 8 7 6 5 4 3 2 1   16 17 18 19 20

Printed in the U.S.A.   113
First Spanish printing, 2016

Book design by Liz Herzog

CONTENIDO

1 MONTALBÁN

Había una vez una pila de huesos.

En realidad, los huesos no estaban apilados. Formaban un pequeño esqueleto que estaba relleno de entrañas blandas. Encima del esqueleto había un enorme cráneo con unas profundas cavidades para los ojos. En esas cavidades había un par de ojos saltones.

1

Todo eso habría sido horripilante de no haber estado cubierto por una capa de piel y coronado por una mata de pelo rizado. Este saco de huesos con pelo rizado, ojos saltones y entrañas blandas se llamaba Alejandro Bopp. Y estaba muerto de miedo.

Alejandro tenía miedo de:

1. pasar la primera noche en una casa nueva;
2. ir a una escuela en una ciudad nueva; y
3. tener que hacer amigos nuevos.

Alejandro dio vueltas en su cama y miró por la ventana. La luna iluminaba una hilera de tejados, detrás de los cuales había una torre de agua que decía MONTALBÁN. Esa era la nueva ciudad de Alejandro.

SUSTO EN LA MAÑANA

El papá de Alejandro conducía lentamente por la calle Central.

—Yo me fijo por este lado y tú, por ese. Debe de haber un sitio para desayunar en esta ciudad.

Alejandro miró por la ventanilla. Pasaron al lado de un parque, un banco, una tienda de cómics... y alguien que bailaba como loco en la acera. Pero no era una persona. Era uno de esos globos con brazos que se doblan y que las tiendas ponen para

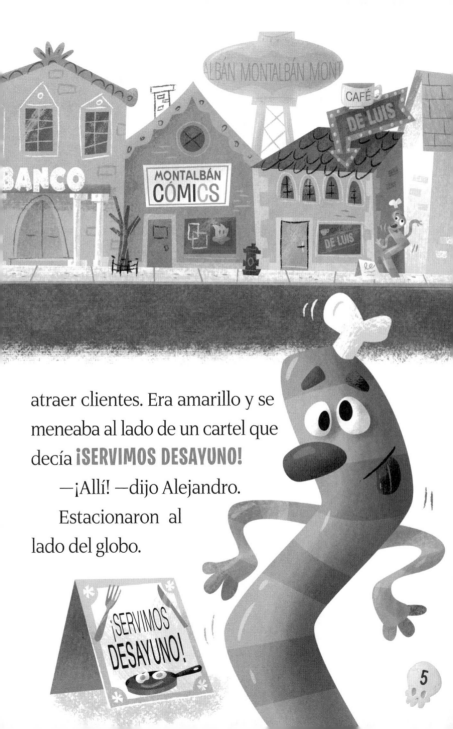

atraer clientes. Era amarillo y se meneaba al lado de un cartel que decía **¡SERVIMOS DESAYUNO!**

—¡Allí! —dijo Alejandro.

Estacionaron al lado del globo.

—¡Ay! —gritó Alejandro cuando el globo apareció justo enfrente del parabrisas del auto, aunque después se dobló hacia atrás y siguió bailando.

—Hoy estás nervioso —dijo su papá—. No es más que un globo grande.

—Ya sé —dijo Alejandro quitándose la mano de los ojos.

—Menos mal que apareció este globo peleón porque nos hizo ver el café —dijo su papá haciéndole una mueca al globo—. ¡Gracias, globo peleón!

Alejandro sonrió. Salió del auto y caminó alrededor del globo hasta llegar al café.

7

3 ¡SIGUE EL MAPA!

La puerta del café chirrió cuando Alejandro y su papá salieron.

—¿Qué tal ese desayuno, eh? —preguntó el papá de Alejandro.

Alejandro no respondió. Estaba estudiando el mapa que aparecía en el mantel individual del café: era un mapa de Montalbán en forma de laberinto.

—Qué lindo —dijo su papá—. Quizás podamos llevarnos algunos más para dar en tu fiesta.

—¿Qué fiesta? —dijo Alejandro.

—¡Tu fiesta de cumpleaños! —dijo su papá.

—Pero papá —gruñó Alejandro—, no quiero una fiesta. Ni *siquiera* voy a tener un cumpleaños de verdad este año.

—Pero eso es lo mejor de cumplir en año bisiesto —dijo su papá—. El veintinueve de febrero solo llega cada cuatro años. Así que podemos *escoger* cualquier día para celebrar tu cumpleaños. ¡Y ese día debe ser mañana!

Alejandro frunció el ceño.

—Además, ya hice las invitaciones —añadió su papá metiendo unos sobres en la mochila de Alejandro—. ¡Dáselas a tus compañeros!

Alejandro siguió a su papá hasta el auto. Hacia el final de la calle vio una figura bamboleante enfrente de un banco: otro globo bailarín. Ese era morado.

—Allá hay otro... —dijo Alejandro mirando hacia un lado—. Oye, ¿dónde está *nuestro* globo? Estaba aquí cuando estacionamos...

¡SERVIMOS DESAYUNO!

—¿Cómo? —dijo su papá mientras buscaba las llaves y abría el auto—. No sé. Tal vez alguien se lo llevó. ¡Súbete, Ale!

Alejandro abrió la puerta, pero **¡CRAC!**, esta raspó la acera.

—¿Qué? —dijo, y vio que el auto estaba más bajo que antes—. ¡Papá! ¡Se pinchó la goma!

—No te preocupes —dijo su papá—. Pondremos la de repuesto y... ¡un momento! *Esta* también está pinchada.

—Eh, papá —dijo Alejandro dando un paso atrás—. Las *cuatro* están pinchadas.

—Qué extraño —dijo su papá—. Tal vez hay vidrios en la calle...

Alejandro miró al otro lado de la calle. Había dos autos más con gomas pinchadas.

"Aquí pasa algo raro", pensó.

—Disculpa, Ale —dijo su papá poniéndose de pie y limpiándose los pantalones—. Tendré que llamar a una grúa. ¿Crees que podrás ir caminando hasta la escuela?

—¿Solo? —dijo Alejandro abriendo los ojos.

—Sí, chico —dijo su papá sonriendo—. Pásame el mantel individual con el mapa.

Su papá extendió el mantel encima del auto y sacó una pluma del bolsillo.

—Mira, estamos aquí —dijo, y dibujó un círculo en el café—. Y tu nueva escuela está aquí.

Trazó un camino por el laberinto.

—Vas por la calle Central y... ay, ¡callejón sin salida! Tomas a la izquierda y luego al norte y entonces, ¡ay! ¡Atascados en la fábrica de pegamento! Espera, espera. Das la vuelta, ¡ay, no! ¡Esta ciudad tiene tres cementerios! Por acá pasas la panadería. ¡Y bingo! ¡Llegas a la escuela!

"Mi primer día en una nueva ciudad y tengo que caminar solo a la escuela", pensó Alejandro.

—Ahora ve y haz amigos. ¡Y mañana celebraremos un gran cumpleaños! ¡Chócala!

CAFÉ DE LUIS
ABIERTO **CASI SIEMPRE**
¡Todos los martes llega col agria fresca!

Monte Herradura

Pico de Aguja

MONTAÑAS NEBLÓN

Panadería

Cementerio

Ferrocarril P.M.S.S.

PMSS

Terreno de kickball

Hospital General de Montalbán

Pista de patinaje

Avenida Torre

Calle Grajo

BOSQUE DEL PAVO

Mansión Vizcaya

Calle Grajilla

Alejandro chocó la mano de su papá a medias. Luego caminó por la calle Central siguiendo el laberinto del mantel.

CAPÍTULO 4

¡IZQUIERDA Y DERECHA!

Alejandro no tardó en llegar a la Primaria Montalbán. No había nadie alrededor.

"Debo de haber llegado tarde", pensó.

Se dirigió a la puerta, pero algo lo hizo frenar de repente. Dos globos peleones se meneaban allí, uno azul y el otro verde.

Alejandro tomó aire. Siguió adelante. Mientras caminaba entre los dos globos, vio que tenían letras pintadas. Las del globo azul decían DISCULPA y las del verde decían EL POLVO.

Alejandro miró hacia abajo pero no vio nada de polvo.

Algo haló su mochila. Miró hacia atrás y vio un brazo azul ondeante enredado en la mochila. El chico lo desenredó y al voltearse vio...

¡la cara grande y horrible del globo peleón verde!

—¡Ay! —gritó Alejandro al sentir la nariz del globo peleón contra su propia nariz.

Luego... **¡FUAP!** Alejandro recibió un golpe por detrás. Lo sintió como si fuera un guante de boxeo. Se volteó y recibió un golpe en la cara. **¡FUAP!** El chico trastabilló y cayó hacia atrás.

Los dos globos se inclinaron sobre Alejandro sonriendo. Sus brazos largos y temblequeantes le sujetaron la chaqueta. Alejandro trató de patearlos, pero el verde le agarró el tobillo. Alejandro trató de zafarse, pero entonces se le salió el zapato.

¡CATAPLÁS!

Hubo un estallido dentro de la escuela. Los globos peleones soltaron a Alejandro en ese instante y se enderezaron.

Alejandro se paró y corrió a la escuela. Abrió la puerta y entró, sintiendo que el corazón le latía con fuerza.

CAPÍTULO 5
UN MONTÓN DE LADRILLOS

A lejandro se detuvo para recuperar el aliento. La escuela estaba en absoluto silencio y todas las luces estaban apagadas. La luz del día entraba a sus espaldas por la puerta, proyectando una sombra larga en el corredor.

—¿Hola? —dijo Alejandro.

—*¿Hola?* —dijo su eco.

Alejandro sujetó las tiras de su mochila y caminó por el corredor oscuro. Pasó varios salones, todos desocupados.

—¿Hay alguien aquí?

Alejandro se tropezó con algo marrón con costuras blancas.

"Un balón de fútbol desinflado", se dijo.

¡TRACAPLÁS!
¡CATAPLÁS!

Una pared de ladrillos se derrumbó de repente. Por el corredor se extendió una nube de polvo y Alejandro quedó cubierto de polvo como una rosquilla azucarada.

Miró a través de la pared destruida y vio un brazo mecánico gigante: ¡una grúa de demolición!

Tenía que salir de allí. Se subió sobre los ladrillos, lo cual era difícil con un solo zapato. Luego, entre los escombros vio algo rectangular envuelto en una bufanda sucia.

Alejandro desenvolvió el objeto. Era un viejo cuaderno.

Abrió el cuaderno por la mitad.

MANTIS JUGADORA

Un gran monstruo verde. Tan alto como una jirafa (menos el cuello).

HÁBITAT Los parques infantiles de las escuelas, los parques públicos, etc.

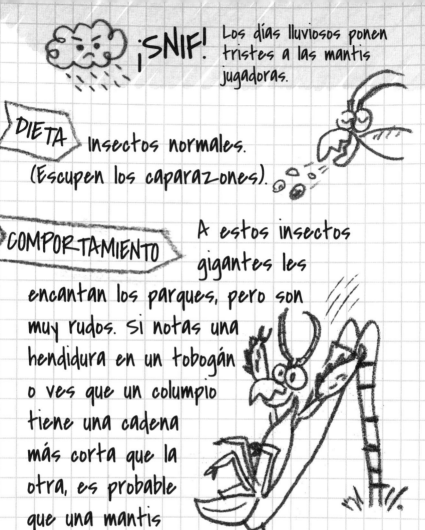

¡SNIF! Los días lluviosos ponen tristes a las mantis jugadoras.

DIETA Insectos normales. (Escupen los caparazones).

COMPORTAMIENTO A estos insectos gigantes les encantan los parques, pero son muy rudos. Si notas una hendidura en un tobogán o ves que un columpio tiene una cadena más corta que la otra, es probable que una mantis esté cerca.

¡ADVERTENCIA! La única manera de evadir a las mantis jugadoras es sentarse contra una pared en el recreo y no hablar.

Alejandro tembló. Pasó más hojas y vio en ellas más y más monstruos.

—¡OYE! —gritó una voz al final del corredor.

El chico metió el cuaderno en la mochila.

Una mujer corría hacia Alejandro. Tenía una blusa gris, pantalones grises, zapatos grises y gafas grises. El pelo lo llevaba en una larga trenza que tenía enroscada como una serpiente encima de la cabeza.

—¿Por qué estás jugando en una zona de construcción? —preguntó.

—¡No estoy jugando! Esta es mi escuela. ¡Soy nuevo! Pero no había nadie aquí y esta pared se

derrumbó y...

—Esta escuela se cerró porque... —dijo la mujer mirando a Alejandro—. Bueno, es un edificio peligroso y hasta un niño nuevo debe de haber leído el aviso de advertencia que está afuera.

—¿Se refiere a los globos que dicen "DISCULPA EL POLVO"?

—¿Globos? —preguntó la mujer—. No, Alejandro. Hay un aviso grande que dice, "¡Peligro! ¡No entrar!".

—¿Cómo sabe mi nombre? —tartamudeó Alejandro.

La mujer sonrió. Bueno, no sonrió; frunció menos el entrecejo.

—Te estábamos esperando. Solo que te esperábamos en el edificio correcto. No en el que se está demoliendo.

—Pero aquí dice... —dijo Alejandro enseñando el mapa.

—¡Este mantel individual es viejo! —dijo la señora quitándole el mapa—. Trasladamos la escuela mientras terminan la construcción. Tú estás aquí —añadió señalando la escuela—. Y tu nueva escuela está... aquí.

Trazó una línea por encima de un jardín y de una funeraria y se detuvo en el **HOSPITAL GENERAL DE MONTALBÁN**.

—Ahora vete a la escuela antes de que tu directora se enoje —dijo dándole el mapa al chico.

—¿Mi directora? —preguntó Alejandro.

La mujer se acercó. Su insignia colgaba frente a los ojos de Alejandro.

PRIMARIA MONTALBÁN

SRA. SANTANDER
DIRECTORA

La Sra. Santander le indicó a Alejandro que se fuera. Y el chico se marchó.

CAPÍTULO

6 ¡PARA ABAJO!

Alejandro vio el hospital y se dio cuenta al instante de que *esta* Primaria Montalbán era mejor que la otra:

1. Las luces estaban encendidas.

2. No la estaban destruyendo buldóceres.

En la recepción había un hombre sentado escribiendo algo. Tenía el pelo muy blanco y parado. Alejandro leyó la placa que había en el escritorio.

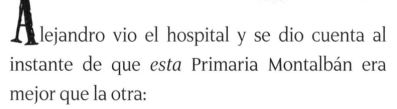

SR. CABALLERO
SECRETARIO

—Disculpe —dijo Alejandro.

—¡Ay! —dijo el Sr. Caballero—. ¡Me asustaste!

—Lo siento —dijo Alejandro—. Soy nuevo aquí y... eh...

—Ah, debes de ser Alejandro —dijo el Sr. Caballero revisando su portapapeles—. Feliz cumpleaños, bueno... más o menos —añadió, y miró el reloj—. ¡Llegas tarde! ¡Y sucio! ¿Y por qué tienes solo un zapato? —preguntó asombrado.

FEBRERO
28

—Los estudiantes de la Primaria Montalbán *deben* usar zapatos en todo momento, ¡reglas de la escuela! —dijo el Sr. Caballero mientras sacaba un par de botas de lluvia de la caja de cosas perdidas—. Rápido, ponte estas antes de que te vea la directora.

Alejandro agarró las botas. Tenían caras de ranas.

—¡No puedo ponerme esto! —dijo el chico.

—¡La Sra. Santander va a enloquecer si ve a un estudiante en medias! —dijo el Sr. Caballero.

Alejandro hizo una mueca y se puso la bota izquierda.

—Perfecto. Ahora, vamos a buscar tu salón —dijo el Sr. Caballero mirando el portapapeles—. Sexto grado está en Urgencias... Kindergarten está en Neurocirugía... ¡Ah! ¡Aquí estás tú! —añadió señalando los ascensores—. Presiona la **M** para ir a tu salón.

Alejandro entró en el ascensor y presionó la **M**.

El ascensor descendió varios pisos y luego se abrió. Alejandro leyó el aviso en la pared:

MORGUE →

"¿La morgue? —pensó Alejandro saliendo del ascensor—. ¡Pero es ahí donde ponen a los muertos en los hospitales!"

7 LA MORGUE ELEMENTAL

Alejandro abrió la gran puerta metálica y miró el salón frío y sin ventanas.

Las paredes tenían pequeñas puertecitas cuadradas. Casi todas las puertecitas estaban abiertas, y de ellas salían largas mesas de metal. Los compañeros de Alejandro usaban esas mesas como escritorio. Alejandro entró y se hizo el silencio.

—¿QUIÉN SE ATREVE A ENTRAR EN LA CÁMARA PROHIBIDA? —dijo una voz grave.

Una de las puertecitas cuadradas del fondo se movió y luego se abrió.

—¡AAAAH! —gritó Alejandro.

Un hombre sonriente saltó de la abertura.

—¡Ja! ¡Es solo un chiste! ¡Bienvenido! ¡Soy el Sr. Platero! —dijo el hombre.

Tenía una camisa de flores rosadas y anaranjadas, pantalones verdes y zapatos morados.

El Sr. Platero escribió **ALEJANDRO BOPP** en la pizarra. Luego le puso un gorro puntiagudo al chico en la cabeza.

—¿Por qué no te presentas? —dijo.

—Eh..., hola, soy nuevo y me alegra conocerlos y mi papá es dentista y nos mudamos ayer a Montalbán y eh... —dijo Alejandro demasiado rápido.

La puerta del salón se abrió con fuerza.

RAI BALURDO

Pelo erizado

Cabeza cuadrada

Tatuajes falsos

Dientes ausentes

¿Dientes de leche? ¿O los perdió peleando?

Rai Balurdo entró al salón.

—¿Quién es el flacucho? —preguntó Rai con los ojos fijos en Alejandro.

—Ay, Rai. ¿Te parece buena idea llamar a alguien flacucho? —dijo el Sr. Platero, y luego se dirigió a los otros—. ¡Recuerden que hablamos de eso en escritura! ¡Le pueden decir flacucho a *cualquiera*, pero es un apodo muy aburrido! —Le guiñó un ojo a Alejandro—. ¡Si le van a poner un nombrete a alguien, pues que sea interesante!

Alejandro no lo podía creer.

—A ver —dijo el Sr. Platero mirando a Alejandro—. Miren esa ridícula bota de rana. ¡A este chico le gustan las cosas verdes y babosas!

Tachó el nombre de Alejandro y escribió debajo **MOCOS DE SALAMANDRA**.

—¿Qué tal? —dijo.

Todos en el salón se rieron.

—¡Increíble! —dijo Alejandro quitándose el gorro, y todos dejaron de reírse—. ¿Ya me pusieron un apodo tonto? ¡Este día ha sido un mal chiste! ¡Me perdí, me gritaron, me cayeron ladrillos encima y me atacaron monstruos! —Alzó las manos como si fueran garras—. ¡Unos globos peleones inmensos, feos y horribles!

Los chicos parecieron asombrados por un momento, pero luego se rieron con más ganas. Excepto una chica que llevaba una capucha. Se puso a escribir algo en su cuaderno.

—Ay, Salamandra —dijo el Sr. Platero llorando de la risa—, ¡eres un tipo *gracioso*!

"¿Por qué les acabo de hablar de los globos peleones?", se dijo Alejandro.

—Hablando de cosas graciosas —dijo el Sr. Platero—, me gustaría hablar de una broma que encontré en mi asiento.

El Sr. Platero mostró un cojín inflable.

—¡Se trata de un cojín de pedos desinflado! —dijo—. ¡La próxima vez, por favor, pónganle aire!

¡RRRIIINN!

Los chicos salieron corriendo del salón.

"¡Por fin, el almuerzo! —pensó Alejandro—. Este día tiene que mejorar, ¿no?"

8 LECHE DERRAMADA

Alejandro tomó el ascensor hasta la cafetería. **¡DING!** La puerta se abrió.

¡FUUOP! Una pelota le dio en la cara.

—¡Te di, Salamandra! —dijo Rai.

La pelota cayó a los pies de Alejandro.

—¡Ay, no! Se desinfló —dijo Rai—. ¡Quería que te rebotara en la nariz!

—¡Raimundo Balurdo! —dijo una voz de mujer.

—Oh, no —dijo Rai.

La Sra. Santander apareció de repente.

—Alejandro —dijo—, veo que lograste llegar a la escuela.

Alejandro asintió.

—Siéntate —le dijo ella a Rai.

Rai miró con rencor a Alejandro y fue a sentarse. Alejandro suspiró de alivio y se puso en la cola del almuerzo.

MENÚ	
LUNES	ROLLO DE CARNE SORPRESA
MARTES	CALABAZA SORPRESA
MIÉRCOLES	CHILE SORPRESA
JUEVES	HABAS (SIN SORPRESA)
VIERNES	TACO SORPRESA

Agarró un plato de taco sorpresa y buscó donde sentarse. Casi todos sus compañeros comían juntos y bromeaban. La chica de la capucha estaba sola, escribiendo en un cuaderno.

"El cuaderno", se dijo Alejandro.

Se dirigió a una mesa vacía, abrió la mochila y sacó el cuaderno. Estaba lleno de dibujos de monstruos: pájaros peludos, hongos con ocho ojos, lombrices mutantes. Se quedó leyendo las páginas sobre rinocerontes voladores.

RINOCERAPTOR

Una bestia acorazada con un gran cuerno y alas de cisne inmensas.

HÁBITAT Donde haya cosas que se rompan: tiendas de porcelana, museos de relojes, fábricas de violines.

¡TIC-TIC! Las plumas de rinoceraptor son geniales para hacerles cosquillas a tus enemigos.

DIETA Plantas y perros calientes empanizados.

COMPORTAMIENTO Estos monstruos disfrutan de una vida pacífica en las nubes. Pero si ven abajo algo que se pueda romper, ¡descienden en picada hacia su objetivo!

¡ADVERTENCIA!

¡Calma! El rinoceraptor puede detectar el miedo, así que, EN SERIO, ¡NO TE ASUSTES! El rinoceraptor no te hará daño, pero destruirá cualquier cosa que valores, como un acuario, un castillo de arena, un osito de peluche o una foto de tu mamá.

Alejandro terminó de almorzar y cerró el cuaderno, tumbando su cartón de leche. Era leche 2%, pero el 98% le salpicó los pantalones. Comenzó a limpiarse la leche de los pantalones con la servilleta, pero se detuvo.

La servilleta tenía un mensaje.

Parecía que el mensaje había sido firmado, pero la leche había borrado el nombre.

Alejandro sintió un golpe en la espalda.

—Oye, Salamandra —dijo Rai.

—¡No me llames más así! —dijo Alejandro y guardó el cuaderno en la mochila.

—¿Qué tratas de ocultar? —preguntó Rai metiendo la mano en la mochila de Alejandro.

—¡Eso es mío! —dijo Alejandro.

—¿Qué es esto? —dijo Rai sacando una invitación de cumpleaños de color azul bebé.

¿Quién es un **CHICO GRANDE?**

¡Ven a una **fiesta de cumpleaños** y lo averiguarás!

¿DÓNDE? — Calle Grajilla 55

¿CUÁNDO? — Sábado en la mañana

¿POR QUÉ? — ¡Para hacer nuevos amigos!

—¡Oigan, todos! —dijo Rai—.
¡Mocos Salamandra dará una fiesta mañana!

—¡No! —dijo Alejandro parándose, pero al recordar que sus pantalones estaban mojados se volvió a sentar.

Rai caminó por la cafetería mostrando la invitación.

Alejandro sintió una palmadita en la espalda.

—Mira —dijo una chica.

Era la chica de la capucha. La capucha le tapaba buena parte de la cara, pero Alejandro pudo ver que tenía una mirada amable.

—Para tus pantalones —dijo ella, y le entregó una toalla de papel—. Oye, vi tu cuaderno hace un rato. Yo tengo...

El altoparlante emitió un ruido.

—Hola, estudiantes —dijo una voz—. Les habla

¡BRAAAMP! ¡BRAAAMP!

el Sr. Caballero. Las clases han sido canceladas.

—¡Genial! —gritó Rai mientras le daba un coscorrón a un chico de kindergarten.

—Las gomas de todos los autobuses escolares están pinchadas —se oyó por el altoparlante—. La Sra. Santander ha cancelado las clases de la tarde para que puedan caminar de vuelta a casa.

Todos miraron hacia la mesa de los maestros. El Sr. Platero aplaudía.

—¿Gomas pinchadas en todos los autobuses? —dijo—. ¡Eso *sí* es una broma!

Los estudiantes salieron en fila de la cafetería. Todos estaban contentos de volver caminando a sus casas. Todos menos el chico sucio, cansado, con una bota de rana y los pantalones mojados.

CAPÍTULO 9

MONSTRUOS ANTES DE DORMIR

Alejandro vio que sus compañeros tomaban caminos diferentes. La chica de la capucha no estaba por ninguna parte.

"¿Sería ella la que me pasó la nota?", se dijo.

De camino a casa, Alejandro vio un globo peleón con forma de cacto anaranjado. Un grupo de chicos mayores pasó al lado del globo, que les bailó cerca aunque ellos no lo notaron.

"¿De veras me atacaron unos globos esta mañana? —pensó Alejandro—. Tal vez me están afectando los monstruos de ese raro cuaderno".

Alejandro tenía muchas ganas de leer más páginas del cuaderno. Se apresuró en llegar a su casa, una pequeña edificación amarilla en el borde de la ciudad, cerca del Bosque del Pavo.

—¡Llegué! —dijo Alejandro quitándose el zapato y la bota de rana.

—¿Cómo te fue? —preguntó su papá, que desempacaba la vajilla de unas cajas.

—Eh, bien —dijo Alejandro.

El chico cenó y se preparó para ir a dormir. Se sintió mejor después de bañarse y ponerse el pijama limpio. Se acostó en su colchón inflable y, por fin, sacó el cuaderno.

"¿Qué será P.M.S.S.? —se preguntó—. ¿Será una tontería de algún chico? ¿O tendrá algún significado?"

Leyó la siguiente página.

PUERCOTENEDOR

Un pequeño roedor metálico con una coraza
de tenedores pequeños pero afilados.

HÁBITAT Casi todos los puercotenedores
prefieren climas secos. Pero el puercotenedor
de acero inoxidable puede vivir cerca de ríos,
lagos o detrás de las lavadoras de platos.

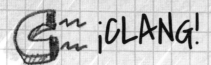 **¡CLANG!** Los imanes no funcionan con los puercotenedores.

DIETA Sobre todo pepinillos y aceitunas. Comen carne, pero solo si está cortada en trocitos.

El puercotenedor se restriega **COMPORTAMIENTO** contra paredes de ladrillo para mantenerse afilado.

¡Nunca toques a un puercotenedor! **¡ADVERTENCIA!** Puedes atraerlo hacia un plato de espagueti. (¡A los puercotenedores les encanta revolcarse en la pasta!) Así te dará tiempo de escapar.

DATO DIVERTIDO El puercotenedor es primo lejano del puercocucharón. Pero el ataque del puercocucharón no es nada comparado con el pinchazo del puercotenedor.

—¡Hasta mañana! —dijo el papá de Alejandro desde la puerta—. ¡Mañana es el gran día! ¡Me muero de ganas de ver quién viene a la fiesta!

—Eh... yo también —dijo Alejandro, dejando que su manta se deslizara y tapara la mochila, que estaba llena de invitaciones.

CAPÍTULO 10

~~FELIZ~~ CUMPLEAÑOS

—¡Ayyyyy! —se quejó Alejandro por el dolor de espalda.

Su colchón inflable estaba desinflado.

"Igual que la pelota que me lanzaron —pensó—. Y las gomas..."

El papá de Alejandro estaba afuera, cantando a todo pulmón.

¡¡¡FELIZ CUMPLEAÑOS A TI!!!

55

Alejandro miró por la ventana. Abrió la boca.

¡El jardín estaba lleno de globos peleones! De todos los tamaños y colores. ¡Y todos le sonreían!

Su papá estaba en medio de los globos, cantando como una estrella de rock.

—¡No, papá! ¡Sal de ahí! —le gritó Alejandro.

—¿Qué? —dijo su papá confundido.

—¡ESOS... PELEONES! ¡TE VAN A GOLPEAR!

—Ay, Ale, no te preocupes —dijo su papá riéndose—. Ayer llamé a una tienda y alquilé algo divertido para la fiesta, ¡está allá atrás! Y esta mañana, estos globos aparecieron aquí. ¡La tienda debe de haberlos mandado!

—¡Son monstruos! —gritó Alejandro.

—No son monstruos, Ale —dijo su papá suspirando, y caminó por el jardín empujando los globos y hasta le apretó la nariz a uno de ellos—. ¿Ves? ¡Baja para que empiece la fiesta!

Alejandro se vistió y bajó.

Al principio, pensó que su papá había convertido el jardín en un parque de diversiones.

Pero luego, cuando vio el helado derritiéndose, los globos sin aire y a un payaso medio raro,

cambió de opinión.

"Menos mal que no invité a nadie a esta fiesta", pensó.

Hasta la atracción principal, un castillo inflable, parecía una tienda de acampar aplastada.

—Vaya —dijo el papá de Alejandro—. Ese castillo estaba completamente inflado hace un minuto. Tal vez tenga un pinchazo. Lo voy a revisar. Tú ve y saluda a tu amigo.

"¿Amigo?", pensó Alejandro.

Entonces vio a un chico de cabeza cuadrada que atravesaba el jardín. La única persona que había ido a la fiesta: Rai Balurdo.

Alejandro frunció el ceño y caminó hacia Rai.

CAPÍTULO 11
UN VERDADERO GIRO

—**N**o tienes que quedarte, Rai —dijo Alejandro—, tírame algo o ponme otro apodo o lo que sea para que puedas volver a tu casa.

—Suena divertido —dijo Rai tomando un sorbo de jugo—, pero no vine por eso sino a decirte que creo lo que dices de los monstruos.

Alejandro se quedó mudo.

—¿Me *oíste*? —preguntó Rai.

—Espera —dijo Alejandro—, ¿fuiste *tú* el que me escribió ayer en la servilleta?

—¿Servilleta? —dijo Rai sin comprender—. No. Ayer pensé que estabas chiflado. Pero mientras regresaba a casa, pasé por al lado de uno de esos globos. Un cacto anaranjado. Me miró raro, así que le tiré una piedra. ¡La atrapó y me la tiró de vuelta! ¡Mira!

Rai se arremangó la manga de la camisa. Entre sus tatuajes falsos tenía un rasguño.

—Vaya —dijo Alejandro.

—Sí —dijo Rai—. ¡Y luego me persiguió! Tuve que correr a casa. Se lo dije a mis papás, pero no me creyeron. Todavía tenía tu estúpida invitación en el bolsillo y me acordé de lo que dijiste en clase. Por eso vine. ¡Pero ahora tu jardín está *lleno* de esas cosas!

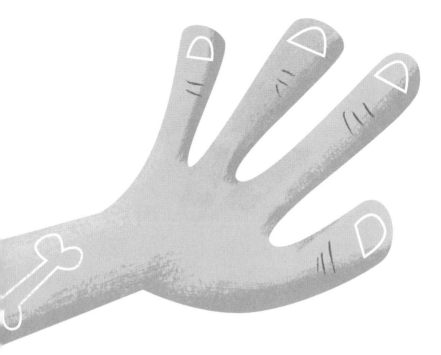

—dijo Rai bajándose la manga de la camisa—.
Tuve que entrar sin que me vieran.

—¿A quién le podemos contar sobre los
globos peleones? —dijo Alejandro.

Los chicos se voltearon a mirar a los dos
adultos presentes: el papá de Alejandro, que
estaba ocupado con el castillo inflable, y el payaso
medio raro que parecía muy nervioso.

—Digámosle al payaso —dijo Alejandro.

Alejandro y Rai se acercaron a él.

El payaso tenía una calva postiza, zapatos grandes y puntiagudos y una sonrisa pintada en la cara, pero no se veía contento. Estaba inflando un globo.

—Disculpe —dijo Alejandro.

—¡Ay! —dijo el payaso soltando el globo y mirando un segundo hacia el bosque—. ¡Pongan atención! Voy a mostrarles un globo en forma de animal.

—Está bien —dijo Alejandro.

El payaso infló un globo largo y delgado.

—¡Miren! —dijo tomando el globo por un extremo y doblando el otro—. Izquierda, derecha, izquierda. ¡Abajo, alrededor y estiramos!

Le dio un último tirón.

—¡Taraaaá!

—¿Qué es?

—preguntó Alejandro—. ¿Un nudo?

—No —dijo Rai—, un puño cerrado.

—Recuerden —dijo el payaso—, izquierda, derecha, izquierda, abajo, alrededor...

—¡Chicos! —gritó el papá de Alejandro desde detrás de un arbusto.

—¡Ay! —gritó el payaso nervioso soltando el nudo del globo.

—¡Este tipo es muy chistoso! —dijo el papá de Alejandro.

—Sí, medio loco —dijo Alejandro mirando hacia el bosque, a donde había mirado el payaso.

CAPÍTULO 12 PAYASEANDO

—Tengo malas noticias:
no puedo volver a inflar el castillo —dijo el papá
de Alejandro. Entonces, señaló un cartel colgado
en un árbol—. Pero ahí hay algo mejor. ¡Ponerle la
cola al burro!

Les mostró una cola de cartón atravesada por
una aguja muy larga.

—¡Eso parece peligroso! —dijo el payaso
retrocediendo.

—¡No! —dijo el papá de Alejandro quitándose
la corbata—. Miren, tápenme los ojos, les voy a
mostrar.

El payaso nervioso le vendó los ojos al papá
de Alejandro. Luego, le dio tres vueltas. El papá
de Alejandro sonrió y comenzó a caminar...

alejándose del burro.

—Papá... —dijo Alejandro.

—¡Sé que puedo hacerlo! —dijo
su papá—. Observen al maestro.

Alejandro, Rai y el payaso vieron al papá de
Alejandro recorrer el jardín y perderse detrás del
garaje.

El payaso jugaba nerviosamente con sus
tirantes.

—Mejor hagamos más globos mientras tu
papá vuelve —dijo el payaso.

—Dile, Salamandra —le dijo Rai a Alejandro.

—Eh, Señor Payaso —dijo Alejandro—, ¿vio
esos globos que están en el jardín?

—Sí —dijo el payaso.

—Sé que esto suena raro —dijo Alejandro—,
pero creemos que están vivos. ¡Que son monstruos!

—Te creo, Alejandro. Fui yo quien te escribió en la servilleta —dijo el payaso.

—¿Qué? —dijo Alejandro—. ¿*Usted* estaba en la cafetería?

El payaso miró a los chicos.

—Y aunque no te haya creído antes —susurró—, eh..., voltéense. Despacio.

Alejandro y Rai se voltearon. Un globo peleón blanco se arrastraba por el suelo. Estaba más desinflado que los otros.

El maquillaje del payaso palideció aun más.

—Su secreto está en el bosque, detrás de tu casa —dijo el payaso retrocediendo—. Harán lo que sea para protegerlo. ¡SÁLVENSE!

Alejandro vio al payaso quitarse los zapatos y correr, como jamás un payaso había corrido.

CAPÍTULO 13 ¡PSSSSSSSSS!

El globo blanco se acercó a los chicos.

—¡Corre, Rai! —gritó Alejandro.

—No —dijo Rai recogiendo uno de los zapatos del payaso—. No es más que un globo. Vamos a pelear.

Alejandro se subió a una mesa.

El globo peleón abrió la válvula del castillo. Salió un gran chorro de aire. *¡PSSSSSSSSSSSS!* El globo mordió la válvula y se infló con el aire.

—Se está comiendo el aire —dijo Rai.

—¡Ya lo entiendo! —gritó Alejandro—. Las gomas pinchadas, la pelota, mi colchón... ¡estos peleones le quitan el aire a todo!

El globo peleón había crecido con el aire. Tenía cuatro brazos y todos querían agarrar a Rai.

—No me asustas —dijo Rai sosteniendo el zapato del payaso como un bate.

El globo se comprimió como un resorte y saltó hacia Rai. El chico abanicó el zapato puntiagudo con las dos manos, **¡SPLAC!**, haciéndole un corte en la panza al globo. El monstruo cayó al suelo tan pronto el aire se le salió por la herida.

—¡Lo lograste! —gritó Alejandro.

—Por supuesto, Salamandra —dijo Rai sosteniendo el zapato.

En ese momento, aparecieron cien globos peleones.

REBOTANDO CONTRA LAS PAREDES

—¡**V**amos, Rai! —gritó Alejandro subiéndose a un árbol.

Los globos peleones llenaron el patio. Los que antes estaban en el jardín le dieron la vuelta a la casa a medida que docenas de globos más llegaban del bosque. Las docenas de globos rodearon a Rai en silencio.

—¡De ninguna manera! —dijo Rai.

El chico abanicó el zapato de payaso, pero no podía vencer a tantos globos. Entonces, los globos lo agarraron y lo alzaron.

—¡Ayúdame, Salamandra! —gritó Rai.

Alejandro se aferró al árbol mientras los globos se llevaban a Rai al bosque.

¿QUIÉN SALVARÁ A RAI?

¿El papá de Alejandro? **NO.** Anda por ahí con los ojos vendados.

¿El payaso nervioso? **NO.** Se fue llorando.

¿Stanley, la excavadora? **NO.** Es un personaje imaginario.

¿Alejandro? **¡SÍ!** No hay nadie más.

Después, Alejandro se bajó del árbol y siguió a los globos peleones, pero al llegar al bosque se quedó boquiabierto.

¡Vio el castillo inflable más grande del mundo! Era igual de grande que un castillo de verdad y hasta tenía un puente levadizo. Solo que era de hule.

Los globos peleones habían metido a Rai en la fortaleza, pero dejaron el puente abajo.

Alejandro se subió al puente. Se bamboleaba un poco. El chico respiró profundo y entró por la puerta del castillo.

Estaba oscuro. Alejandro podía oír un ligero **SHHH-SHHHHH**, como si las paredes respiraran. No había señales de Rai ni de los globos.

No era fácil caminar, así que Alejandro intentó saltar. El suelo inflado lo hacía saltar hasta el techo. Rebotó en una pared y siguió así por el corredor. Alejandro saltó a través del laberinto de corredores.

Se perdió un par de veces, pero al fin llegó al corazón de la fortaleza. Era un espacio enorme y abierto, sin más techo que el cielo azul.

En el medio, atado a un poste inflable, había un chico.

—¡Rai! ¡Estás vivo! —gritó Alejandro

—¡Salamandra! —dijo Rai—. ¡Desátame!

—¿Por qué te trajeron a esta fortaleza? —preguntó Alejandro tratando de desatar los nudos.

—¿Fortaleza? —bufó Rai—. ¡Esto es una *fábrica*! Antes de que llegaras, trajeron mil globos y me

hicieron inflarlos. Cuando se me acabó el aire, me amarraron.

—¿Es ese su secreto? —preguntó Alejandro desatando el primer nudo—. ¿Están reuniendo un ejército? Imagínate, ¡nada de juguetes para la piscina! ¡Ni bicicletas! ¡Ni cojines de pedos! *Tenemos* que detenerlos.

El suelo se movió. Alejandro oyó un murmullo profundo, como si cientos de pelotas de baloncesto rebotaran al mismo tiempo. De repente, apareció un ejército de globos peleones furiosos.

Los chicos estaban rodeados.

15 SE DESATÓ

—¡**Q**uieto! —dijo Alejandro.

—No sigas —dijo Rai—.

¡Son demasiados nudos!

Más globos peleones estaban llegando. Alejandro tenía que pensar rápido. Saltó muy alto, cayó y luego volvió a saltar. Saltó por tercera y luego por cuarta vez hasta que se elevó por encima de los globos, que se meneaban sin parar. Desde arriba, los globos parecían pequeños e inofensivos.

—¡Cuidado! —gritó Rai.

Alejandro miró de reojo el globo verde que decía EL POLVO. Le daba vueltas a algo en una mano.

¡SUAP!

Su viejo zapato lo golpeó. El chico se agarró las rodillas y cayó como una bomba encima del globo verde.

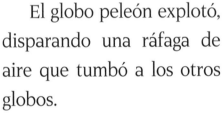

El globo peleón explotó, disparando una ráfaga de aire que tumbó a los otros globos.

—Eso fue increíble —dijo Rai.

—Podemos vencerlos —dijo Alejandro mientras se paraba tambaleante—. Uno a la vez, no son tan fuertes.

—¡Mira eso! —dijo Rai.

80

Los globos que habían caído se arrastraban como lombrices para juntarse. Comenzaron a doblarse y a unirse hasta que se convirtieron en un globo serpiente gigante.

La enorme serpiente alzó la cabeza muy alto, arrojando una gran sombra sobre los chicos.

CAPÍTULO 16 LA PUNTA

Alejandro no podía creer lo que veía.

—Acerca de estos nudos... —dijo Rai.

¡SUISS! La serpiente se enroscó alrededor de él.

"Nudos", pensó Alejandro.

—Rai, no te muevas —dijo, y se dirigió a la serpiente—. ¡Oye, tubo de gas!

¡La serpiente se volteó a mirar a Alejandro y lo atacó!

El chico saltó hacia la izquierda, esquivando la cabeza de la serpiente.

Alejandro siguió rebotando y cambiando de dirección con cada salto.

—¡Izquierda! ¡Derecha! ¡Izquierda! —gritaba mientras la serpiente lo seguía.

Alejandro voló detrás de la serpiente.

—¡Abajo! ¡Alrededor!

Cayó al pie de la cola y rebotó hacia arriba.

—¡ESTIRAMOS!

La cabeza de la serpiente pasó por entre sus propios nudos, estirándose hasta quedar tirante. Trató de morder a Alejandro pero falló. Cayó al suelo y miró hacia arriba. Había soltado a Rai y se había convertido en un solo nudo, ¡la copia fiel del globo que había hecho el payaso!

La serpiente se contorsionó, tratando de desatarse. Pero cuanto más lo intentaba, más se apretaba, hasta que...

¡BLAM!

explotó, convirtiéndose en una lluvia de confeti.

Alejandro corrió a desatar a Rai. Luego, los dos chicos salieron de la fortaleza saltando.

—Gracias, Alejandro —dijo Rai mirando al saco de huesos con pelo rizado, ojos saltones y entrañas blandas.

—Mis amigos me dicen Salamandra —dijo Alejandro.

—Sí —dijo Rai—, alguien lo suficientemente valiente como para enfrentarse a un ejército de...

¡SSSSHHHHHH! Los chicos se voltearon y vieron que la fortaleza tenía brazos, piernas, alas y una larga cola llena de pinchos. ¡Se había convertido en un globo dragón gigante!

El dragón saltó hacia los chicos.

El dragón salió
disparado por el
cielo como si fuera
el cojín de pedos
más ruidoso del
mundo. Un hombre
con una venda sobre
los ojos estaba parado
donde el dragón había
estado hacía un momento.
Sostenía una aguja larga.

—¿Lo logré? —preguntó el papá de
Alejandro, y se quitó media venda de la cara—.
¡Nada! ¡Ni siquiera estoy cerca!

Los chicos se rieron.

¡PFFFT!

—Vamos a buscar un pedazo de pastel —dijo Alejandro.

Y volvieron a la fiesta. El papá de Alejandro se detuvo a estudiar el cartel del burro mientras los chicos iban a la mesa. Vieron que el payaso estaba escondido debajo. Se le había caído la calva falsa y lucía una gran cantidad de pelo blanco.

—¡Sr. Caballero! —dijo Alejandro—. ¿*Usted* me dio la nota?

—Chicos... ¿están vivos? —dijo el Sr. Caballero.

Rai mostró los músculos. Alejandro entornó los ojos.

—¿Esto significa que saben acerca de los *otros* monstruos? —preguntó el Sr. Caballero saliendo de debajo de la mesa.

—¿Cuáles otros? —preguntó Rai.

—¡Un momento! —dijo Alejandro. Corrió adentro de la casa y volvió con un cuaderno.

—¿Dónde encontraste *eso*? —preguntó el Sr. Caballero temblando—. Sí, como pueden ver, esos globos son solo el comienzo. Si son listos...

El papá de Alejandro se había acercado y el Sr. Caballero le extendió la mano.

—Gracias por contratar a Payasos a Domicilio. ¡Tengo que irme! —dijo mirando a los chicos muy serio.

Alejandro y Rai se dieron cuenta de que les quería

decir algo más, pero que tendría que ser después.

—¿Qué quiso decir con "solo el comienzo"? —preguntó Rai.

—¿Puedes guardar un secreto? —le susurró Alejandro, y le entregó a su nuevo amigo el cuaderno de los monstruos.

—Estos monstruos no dan miedo —dijo Rai pasando las páginas.

—Antes de hoy —dijo Alejandro—, ¿te daban miedo los *globos*?

—Tienes razón —dijo Rai—. Oye, ¿por qué hay páginas en blanco al final?

—Creo que sé por qué —dijo Alejandro.

Sacó un lápiz y comenzó a escribir en la primera página en blanco.

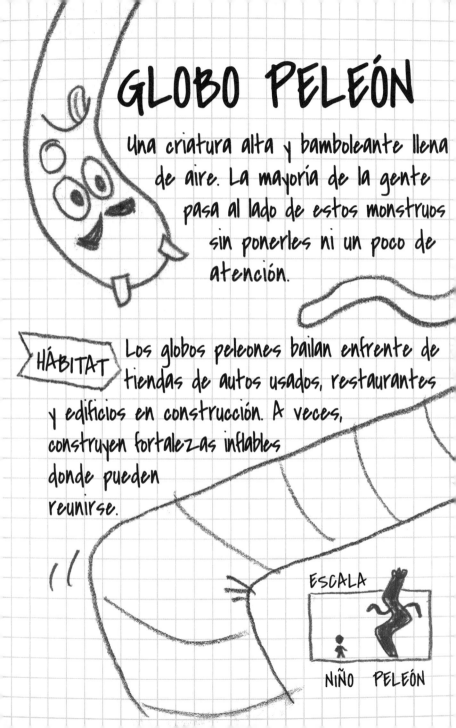

GLOBO PELEÓN

Una criatura alta y bamboleante llena de aire. La mayoría de la gente pasa al lado de estos monstruos sin ponerles ni un poco de atención.

HÁBITAT Los globos peleones bailan enfrente de tiendas de autos usados, restaurantes y edificios en construcción. A veces, construyen fortalezas inflables donde pueden reunirse.

ESCALA

NIÑO   PELEÓN

TROY CUMMINGS

no tiene cola, ni alas, ni garras, y solo tiene una cabeza. De niño creía que los monstruos podían ser reales. Hoy, está seguro de que así es.

COMPORTAMIENTO Esta criatura anda por ahí hasta pasada la medianoche, escribiendo libros, diseñando rompecabezas y dibujando tarjetas de cumpleaños.

HÁBITAT Troy Cummings vive en Greencastle, Indiana, con su esposa y sus crías.

DIETA Bolas de leche malteada.

EVIDENCIA Pocas personas creen que Troy Cummings es real. La única prueba que tenemos es que dicen que escribió e ilustró los libros The Eensy-Weensy Spider Freaks Out! y Giddy-up, Daddy!